每日文案

石慧

编著

团结出版社
UNITY PRESS

图书在版编目（CIP）数据

每日文案 / 石慧编著. —— 北京：团结出版社，
2022.11

　ISBN 978-7-5126-9904-5

　Ⅰ.①每… Ⅱ.①石… Ⅲ.①随笔—作品集—中国—
当代 Ⅳ.①I267.1

中国版本图书馆CIP数据核字(2022)第229340号

出　　版：团结出版社
　　　　　（北京市东城区东皇城根南街84号　邮编：100006）
电　　话：（010）65228880　65244790
网　　址：http://www.tjpress.com
E-mail：zb65244790@vip.163.com
经　　销：全国新华书店
印　　刷：河北盛世彩捷印刷有限公司
装　　订：河北盛世彩捷印刷有限公司
开　　本：145mm×210mm　32开
印　　张：6.75
字　　数：129千字
版　　次：2022年11月　第1版
印　　次：2022年11月　第1次印刷
书　　号：978-7-5126-9904-5
定　　价：59.00元

自　　序

　　2018年11月27日，我在去深圳的动车上看到一条名为《Turning point》的心理短片，中文名字叫作《转折点》。

　　视频讲述的是有人在遇到逆境的时候，会因为身边人的一次帮助、一个微笑、甚至一句话而改变一生。

　　当时，我就把微信签名改成了："每一个小小的举动都可以成为自己或者别人生命里的转折点，都可以有影响力，有意义。"

　　我也在想我创业的这几年，经历了起起落落，几度想要放弃的时候，是我身边的很多朋友给我鼓励和支持，才让我有了继续坚持下去的动力。

　　从2019年开始，我爱上了讲故事，我把每一个故事都当作能够帮助别人改变生命的"转折点"。确实，在这3年里，我已经通过讲故事改变了上千个身处逆境的人。

2021年，当我的事业、生活、友情都让我面临一个非常艰难的阶段时，我觉得这个世界没有一个可以倾诉的朋友了，几乎陷入了抑郁的状态，这个时候我不知道该怎么办了。

我也曾抱怨过人性的冷漠，也怨恨过身边人的不好。直到有一天，我看到这样一句话：删除我一生中的任何一个瞬间，我都不能成为今天的自己。看到这句话的时候，我在想，好像也对，如果我没有经历我所经历的一切，或许今天的我只是在一个小镇上做家庭主妇而已。那句话，让我开始慢慢去接受所遇到的不幸。

在最无助的那个阶段，是一句又一句的文字治愈着我，让我慢慢找回力量，重新振作起来。当我走出低谷的时候，我在想，那些文字能够帮助我走出来，也一定能帮助很多和我经历类似的朋友。

于是从2022年1月起，我开始尝试着每天在我的朋友圈去分享一条这样的文案，刚开始的3个月，几乎没有人回应我。但到了第4个月，就有人评论说："喜欢看你每天的文案""你每天的朋友圈文案给了我温暖和力量""你的文字治愈了我"……当我收到这些回复的时候，我知道之前不是没有人回应我了，而是大家都在默默被影响着。

我每天的文案都会被上百位好友分享到他们的朋友圈，当别人跟他们说看完这些文案被温暖的时候，他们是很开心的。我想，既然是对大家有帮助的文案，就不能只停留在我的朋友圈，它可以用图书的形式呈现。这本书可以成为大家的枕边读物，在日后当身边的朋友需要鼓励的时候，可以随时送给他这份小礼物，当对方翻开任意一页，都是一句可以改变当下心情的美文。

当我有了这个天马行空的想法时，马上跟晋杭老师说了。我以为晋杭老师对此不以为意，令我没有想到的是，当我讲完之后晋杭老师竟然马上联系了出版团队，开始着手帮我出书的事情。就这样，《每日文案》这本书诞生了。

本书整理了159句精选，它不仅仅是简单的文案，更是生活的小哲学和智慧悟语。每一句话都像是在表达我们内心的声音，每一句话都可以让我们找到温暖而坚定的力量。

愿我们都能：
用一句话，改变自己；
用一句话，改变世界。

石慧

2022年11月7日

于好友毕朝伟办公室

爱,
不是没有争吵,
而是争吵之后,
爱还在!

通常是聪明人生笨蛋的气，
爱干净的人生不爱干净的人的气，
负责任的人生不负责任的人的气，
期待越多就越常生气。

想开点，别和自己过不去，因为一切都会过去。

这世界上最好的感情，

就是对方的**优点**你正好**欣赏**，

对方的**缺点**你正好**不在意**。

认认真真地把自己正在做的事情做到极致，
术固然重要，
但道更重要。
把一件事做到极致，胜过做一万件平庸的事。

保持专注地做好一件事，
默默耕耘，
才能厚积薄发。

生活真是这样，
它会让你一次次地去做这个功课，
直到你学会为止。

有些结如果解不开，
那就系个花好了。

一个人埋头走路，没有牵挂，无所顾忌，可能会走得很快，但不会走得太远。

而与人同行，会获得友情的滋润，会有智慧的碰撞，会有团队的精诚合作，会有无穷的精神动力和智力支持，相互扶持才会走得更远。

变化，
是宇宙永远不变的法则。

如果有一条永远不变的法则，

那就是当你变好，

才会遇到更好的。

其实幸福就是这么简单，
重要的不是什么都拥有，
而是想要的恰好在身边。

相爱的人尽量不要争论，
因为赢就是输，输就是赢。

如果想要双赢那就不要吵。

爱，是一件不应该拿来辩论的事情。

你希望别人好，别人未必会好，
但你一定会好，
因为你的心境是美好的；

你希望别人不好，别人也未必就会不好
但你一定不好，
因为你的心境不美好。

掌握幸福秘诀的人，
就是以他人的幸福为幸福，
以他人的喜悦为喜悦的人。

掌握
幸福
秘诀

有的事只能一个人做，
有的关只能一个人过，
有的路只能一个人走。

修行的路总是孤单的，因为智慧必然来自孤独。

一个人走，才是你与风景之间的单独私会。

不是渐行渐远，而是有一天终会重逢。

无法抗拒痛苦就要学会享受痛苦。

就像绝望自有绝望的力量，然而希望也有希望的无能。

生活的有趣还在于：

你昨天最大的痛楚，极可能会成为明天的最大力量。

有学生问晋杭老师："我很喜欢那个男生，要不要跟他在一起？"

晋杭老师："比起'你喜欢谁'，更重要的是'你喜欢跟谁在一起时的自己'。"

就像罗伊·克里夫特那首诗——《爱》：

"我爱你，不光因为你的样子；还因为和你在一起时，我的样子！

"我爱你，不光因为你为我而做的事，还因为，为了你，我能做成的事。

"我爱你，因为你能唤出我最真的那部分。

"我的傻气，我的弱点，在你的目光里几乎不存在，而我心里最美的地方，却被你的光芒照得通亮。"

有时候，一个人只要好好活着，
就足以拯救某个人。

　　如果别人说我们两句，我们就受不了了，被两句话干扰得吃不好、睡不好，那我们得有多脆弱啊。

　　我们要明白，能干扰自己的，往往是自己的"太在意"，能伤害我们的，往往是自己的"想不开"。
　　你若平和，无人可恨，
　　你若不究，无人能扰。

不要和重要的人，计较不重要的事；

不要和不重要的人，计较重要的事。

看淡世事沧桑，
内心安然无恙！

万般滋味，都是生活。

心小了，所有小事就大了；
心大了，所有大事都小了。

看淡世事沧桑，内心安然无恙！

　　我们所看到的"一个人变了"，其实只是他身体里的"另一个自己"被激活了而已，不存在改变，都是他自己。

　　这个世界上也不存在为别人改变，所有的改变受益人都是我们自己，直接或迂回！

　　我们能给出的爱与真诚，最终都是在滋养我们自己。

晋杭老师说："有些人，暂时无法成为我们的贵人，是因为我们还没有成为更好的自己。

当我们成为更好的自己时，你会意外地发现，原本那些很厉害，但是跟我没有任何关系的人，都会成为我们的贵人。"

晋杭老师还说："当你没有价值时，别人有空也是没空；当你有价值时，别人没空也是有空。"

所有的"不记得"都是没用心，

所有的"没有空"都是不重要。

那些擅长安慰他人的人，

一定也度过了很多自己安慰自己的日子吧。

大概……只有自己度过了很多难熬又安静的时光，

才会感悟到那么多道理，才会擅长安慰别人。

那些擅长安慰他人的人，
一定也度过了很多自己安慰自己的日子吧

么想　　　　也许他不是这么想的呢　　　　　换个角度考虑一下……　　　　　　　我们要向前看

复考虑一下……　　　我们要向前看　　　　出去走走，看看不同的风景　　　也许他不是这么想的呢

不是这么想的呢　　　换个角度考虑一下……　　　　宁和明白人打一架，不跟傻瓜说一句话

当做是……　　　　我们要向前看　　　　　也许他不是这么想的呢　　　　　你别这么想

得不到，德不到；
德到了，得到了。

德大于**得**，必有所**得**；
得大于**德**，必有所**失**。

远看得不到，近看舍不得；
有舍亦有得，有得亦有舍。

一切，皆有因果。

吃亏和吃饭一样，
吃多了都会长大。
不一样的是：
饭吃多了，容易长胖；
亏吃多了，让人成长。

尽力之后，选择随缘吧。

人的手就那么大，
握不住的东西太多了，
要学会和自己和解。

别贪心，我们不可能什么都有；
别灰心，我们不可能什么都没有。

有同情心，才能利人；
有体谅心，才能容人；
有忍耐心，才能做人；
有慈悲心，才能渡人；
有艰难心，才能助人；
有明智心，才能观人；
有包容心，才能处人；
有厚道心，才能谋人；
有细节心，才能察人；
有信任心，才能用人；
有责任心，才能育人；
有美丽心，才能示人；

心若计较，处处都有怨言；
心若放宽，时时都是春天。

杨绛曾写道：

生活，一半烟火，一半清欢；
幸福，一半争取，一半随缘；
人生，一半清醒，一半释然。

相遇总是有原因的，不是赏赐就是教训。

离开的都是风景，留下的才是人生。

能轻易失去的谈不上遗憾，但愿岁月风平，草木茂发，抬头所见，皆是柔情。

不惊扰别人的宁静，
就是慈悲；
不伤害别人的自尊，
就是善良。
人活着，发自己的光就好，
不要去吹灭别人的灯！

我们总是像智者一样去劝慰别人，却像傻子一样折磨自己。

很多时候，跟自己过不去的往往是自己，让自己不开心的不是别人，而是自己不放过自己。

得饶人处且饶人的第二个"人"，应该是指的自己！

我们总是像智者一样去劝慰别人，却像傻子一样折磨自己。

当我学会跟自己相处之后，
就会发现自己真的不好相处。

也只有在学会和自己相处的时候，
才能倾听自己的心声。

正确的**沟通方式**，
是受了委屈要说出来；

而不是自己勉强**忍受**，
却在心里默默给对方**扣分**。

无论是友情、亲情，还是爱情……

我们在相互伤害中达到的理解，
比我们相亲相爱时要多得多。

——廖一梅《悲观主义的花朵》

任何大道理的治愈能力，
都不如爱人的一个拥抱。

　　学会倾听，是人生的必修课，

　　学会倾听，能给人留下虚怀若谷的印象；

　　学会倾听，有益的知识将盛满我们的智慧储藏室。

　　学会倾听是一种智慧，也是一种能力，更是一种值得终身学习的艺术。

有人说，
时间是治愈一切的良药。

其实，
时间不是"药"，
但"药"却藏在时间里。

也许某天早晨，当你醒来，
那颗固执的心终于决定朝前走了，此时回望你会发现，
曾经那些或温暖或痛苦的日子，都成了生命里的一
块跳板，帮你成为了更强大的自己。

钱钟书先生说过一段话，我特别喜欢：

"你喝了一杯茶，觉得很美好；

你洗了一件衣服，晾在外头，觉得很美好；

你看到今天的春风拂过，杨柳飘飘，觉得很美好；

不是因为这些东西让你美好，而是因为你心无挂碍，所以它们才显得那么美好。"

幸福，不过是欲望暂时的停止。

所谓成长，也许就是将哭声调成静音的过程。

把情绪收到别人看不到的地方，一个人学会坚强。

生活从未变得轻松，是你在一点一点变强大。

在最难熬最平凡的日子里默默努力，总有一天你会在最闪亮的地方，活成自己曾经渴望的模样。

女人，因为柔软，
所以更需要智慧。

一个保持成长的女人，更清楚自己要的是什么，她不仅有一颗充满自信的心，还有追求更好生活的能力。

杨绛陪钱钟书去牛津留学期间，即便不是正式学生，也坚持当旁听生继续学习。

旁听的日子，没有功课，她便自己定课表，去图书馆看书，将一本本书细读，努力把自己欠的文学课程一一补上。

由于她不断地自我精进，后来一回国，便接到母校振华女中的邀请，成为上海分校校长。

生活的美妙，不仅仅在于一蔬一饭的温馨，更在于努力前进的步伐。

生活的美妙，不仅仅在于一蔬一饭的温馨，更在于努力前进的步伐。

有些人，光是遇见就已经很幸运了，
不是只有永远在一起，才算是好结局。

有幸于人海中相遇，
有幸与你相伴，
能够遇见你，真是三生有幸。

我现在理解我身边的任何人，没有对错，没有好人坏人。

别人在我们眼里是风景，同理，我们也只是别人眼里的风景，你觉得我是好是坏跟我无关。

在我眼里没有好人坏人，只有暂时被情绪左右未觉醒的圣人。

这世上总会有一个人，甘心抛弃万千世界，留在你身边或者把你留在身边。
你不珍惜那个人，
命运就会给他安排更好的人。

我们可以去做一切事情，但前提是不会为结果伤悲。

一个人的强大，并非看他能做什么，而是看他能承担什么。

任何事物的美都源于一个事实：它们终将消失。

为了微妙地享乐，我们就必须微妙地受苦。

聪明的人，不该知道的绝不多问，不愿相信的一概不信。

对自己的生命不负责任，就无严肃可言，平庸就是最大的不严肃。

"你以后想成为什么样的人？"

"什么意思，难道我以后就不能成为我自己了吗？"

——《阿甘正传》

我们只做自己，自由自在地活着，不在意外界的干扰，自己才是命运的主宰。

成熟的人，不问过去；
聪明的人，不问现在；
豁达的人，不问未来。

一个成熟的人，往往发觉可以责怪的人越来越少。

一个人的快乐，不是因为他拥有的多，而是因为他计较的少。

不一定什么事情都得弄明白，
这应该是明白人最应该明白的道理。

有很多事情做了以后发现自己傻了或者失败了，但
为了不留遗憾，还是要去做。

没有必要成为谁，他们有的我没有，而我有的，他
们未必有。

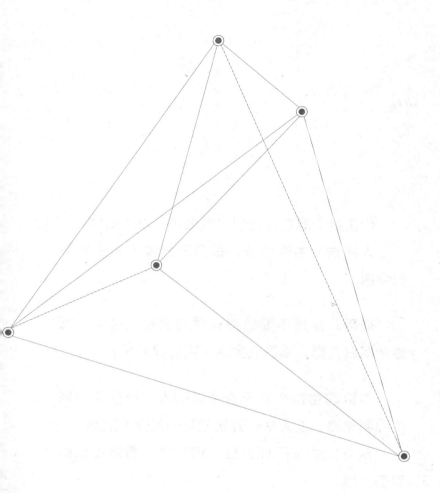

⦿ 没有必要成为谁，

⦿ 他们有的我没有，

⦿ 而我有的，

⦿ 他们未必有。

今天有个朋友跟我聊"安全感"这个话题。

人生唯一的安全感，来自充分体验人生的不安全感。

所以，永远不要找别人要安全感，终有一天你会明白，别人给的安全感其实都是幻觉。

我以前也是个缺乏安全感的人，经常会感到孤独和无助，没人从一开始就有一颗强大的心。

从开始的厌恶孤独到习惯孤独，再到现在的享受孤独。

因为我知道，只有给足自己安全感，才能遇到一个你不需要取悦的人，才能遇到和你同频的人。

　　或许生活很多时候会让我们陷入一种困惑，我们想不通"事情为什么会变成这样""为什么一切发生得毫无缘由"，

　　但我们没有发现自己总是在纠结于"为什么"，而不是直面生活中所遇到的问题。

　　痛苦来临时不要总问:"为什么偏偏是我?"

　　因为快乐降临时,你可没有问过这个问题。

有时候，你必须一个人走，这不是孤独，而是选择。

读过那么多道理，为什么过不好一生，因为没经历过，不会明白。

勇气是压力下的优雅。

很多我们以为是最坏的日子，回过头来看，也许反而是最好的日子。

没有遇到挫折，
永远不会知晓自己的力量有多大。

挫折和困难是每个人变得强大的动力，
是走向成功的必要条件。

接触过黑暗的人，
比任何人都更向往光明。

日出未必意味着光明，
太阳也无非是一颗晨星而已。

只有在我们醒着时，
才是真正的破晓。

自己丰富才感知世界丰富，
自己善良才感知社会美好，
自己坦荡才感受生活喜悦，
自己成功才感悟生命壮观！

没什么如果当初，不管重来多少次，人生都肯定有遗憾。

愿你，睿智又执着，对每件热爱的事物的探索都全力以赴，最终满载而归，变成一个美好的人，做美好的事。

　　和朋友最舒服的相处模式不是无话不说，而是可以不说话。

　　你干你的事情，我干我的事情，只要知道你在我身边即可。

静中藏了一个争字，
稳中藏了一个急字，
忙中藏了一个亡字，
忍中藏了一个刀字。

越想争，心越要静；
越是急，心越要稳；
越是忙，越要照顾好自己；
越是忍，越要看清事态。

人生不过三万天，借副皮囊而已，
临了空空，无一物带走，何必执念。

　　拳击擂台有句名言："害怕失败是一种比胜利的喜悦更强大的驱动力。"

　　达马托曾经告诉泰森："恐惧是你要理解的最重要的障碍，但恐惧却是你最好的朋友，恐惧就像火一样。

　　"如果你学会控制他，你就能让它为己所用。

　　"如果你学不会控制它，它就会毁灭你和你身边的一切。"

　　我得利用恐惧，让我变得更强。

大半夜朋友打电话，跟我说着她老公的种种不是，她问我："婚姻到底是什么？"

真正的婚姻是这样的：

有时候，你很爱他，有时候真想一枪崩了他。

大多数时候，你在"买枪"路上碰到了他爱吃的菜，买了菜却忘记了"买枪"。

然后过了几天，一想，不行，还得买枪……

　　世界上其实根本没有感同身受这回事，针不刺到你身上，你是永远不知道有多痛的。

　　这个世界，有的只是如人饮水，冷暖自知。

　　别人不会因为你被误会，而真的觉得委屈；

　　别人也不会因为你的摔跤，而真的感到疼痛。

　　所谓的"感同身受"，不过是他人的假想而已，你只能靠自己自愈。

所谓的「感同身受」

不过是他人的假想而已

你只能靠自己 自愈

　　给自己一个希望，试着不为明天而烦恼，不为昨天而叹息，只为今天更美好。

　　有时候，我们明明原谅了那个人，却无法真正快乐起来，那是因为，你忘了原谅自己。

　　做一个内心向阳的人，不忧伤、不心急。坚强、向上，靠近阳光。

　　生活中会发生什么，我们无法选择，但至少，我们可以选择怎样面对。

正是因为我们内心没有爱，所以不停地从外面寻找爱来填满自己。

这种爱的缺乏就是我们的孤独，而当我们看到这个真相，就再也不会试图用外在的人或事来填补了。

愿我们都能忠于自己，活成喜欢的样子……

愿我们都能忠于自己，
活成喜欢的样子……

有人一直说我的不好让我越来越自卑；

也有人教我不知道的事情，
不让我觉得自己很笨。

喜欢这样的人，
也努力做一个这样的人。

人总会吃苦，不会苦一辈子，但总会苦一阵子，不要为了逃避苦一阵子，却苦了一辈子。

没有更难还是更容易的选择，只有是不是自己的选择。

既然做了选择，开开心心把事儿做好就行，别回头看，也不要做对比。

走好选择的路，别选择好走的路，你才能拥有真正的自己。

自由就是不活在期待里，而是活在当下的每一刻里，去感受、去用心面对。

唯有身处卑微的人，
最有机缘看到世态人情的真相。

人生最曼妙的风景，
竟是内心的淡定与从容。

我们曾如此期盼外界的认可，
到最后才知道：

世界是自己的，
与他人毫无关系。

凡是能让你快乐的东西，
一定也能让你痛苦，
例如激情过后的婚姻；

凡是能让你享受的东西，
一定也能让你难受，
例如暴饮之后的疾病；

凡是能让你骄傲的东西，
一定也能让你挫败，
例如衰老之后的相貌；

同样，凡是让你痛苦的东西，
最后一定能成全你！

所以生命中最好的状态就是，过往不究，未来不迎；

一切全力以赴，一切本应如此。

杨绛先生曾说：

在乎你的人才会顾及你的情绪，爱你的人才会与你共悲喜。

总有人嫌你不够好，也有人觉得你哪儿都好。

不用踮起脚尖，爱你的人自会弯腰。
仰视是尊重，弯腰也是。

任何关系，双向奔赴才有意义，爱与被爱都需要勇气。

有人怕领导、有人怕老师，有人特别怕一个朋友，无论怎么调侃他、作弄他，他也不会真的生气。

怕，原来是爱，是敬重，是感激，是迁就，是纵容，也是幸福。

如果对他没有感情，才用不着怕他。

世界上有一个可以怕的人，生活便有了动力。

天不怕地不怕的人和无敌一样，都太寂寞。

你身边有特别怕的一个人吗？

孤独没有什么不好，使孤独变得不好的，是因为你害怕孤独。

孤独意味着自由，不必非得开口说话，或者动辄与人商量，不停地迁就或者被迁就。

孤独不是失败，它是自己与自己相处、对话最好的时光。

愿你比别人更不怕一个人独处，愿日后谈起时你会被自己感动。

人有退路，就有些许安全感。

等到哪一天，你真没了退路，你就发现眼前哪条路都能走。

不该看的不看，不该说的不说，不该听的不听，不该想的不想，该干什么干什么去。

习惯了忍耐和等待，有一天你会明白，原来果断更重要。

人生路上难免会遇到困难，拐个弯，绕一绕何尝不是个办法。

时间在不断筛选你身边的人和事，
不会有人永远陪你，但永远会有人陪你。

当你什么都不在乎的时候，
你的人生才刚刚开始……

我们的内心还不够强大，等我们真正强大了，
我们就不会把赢作为唯一的目的。

你不需要成为任何人，
你只要成为你自己。

只有坚持下来的人才能走到最后。
热爱，可抵岁月漫长。

　　三毛说："人这一生，匆匆而过，若说真有所图，也不过是一份温暖和惦记。"

　　一辈子很短，一定要和舒服的人一起舒心地过，永远有人更好，眼下即是最好。

　　人和人相处时间久了，都会有平淡期，恰恰这个时候，真正的爱才会浮现。

　　变心是本能，但是忠诚是选择。

　　新鲜感是与旧的人体验新的事物，而不是与新的人体验旧的事物。

　　心动永远不是答案，心定才是。

"我贫穷，卑微，不美丽，但当我们的灵魂穿过坟墓来到上帝面前时，我们都是平等的。

"我不是天使，我是我自己。

"假如你避免不了，就得去忍受。不能忍受生命中注定要忍受的事情，就是软弱和愚蠢的表现。

"我越是孤独，越是没有朋友，越是没有支持，我就得越尊重我自己。

"要自爱，不要把你全身心的爱，灵魂和力量，作为礼物慷慨给予，浪费在不需要和受轻视的地方。"

——夏洛蒂·勃朗特《简·爱》

守恒定律：有所失定会有所得。

如果我们失去了某人，却找到了自己，那我们就是人生赢家。

人生就是一边爱一边失去的过程，我们爱别人胜过爱自己，就失去了自我。

当我们觉醒了，去爱自己了，那个自信、强大、无坚不摧、百毒不侵的自己就复活了！

要活成两种样子，发光和不发光。

不发光的时候，都是在为发光做准备。

人生如路，须在荒凉中走出繁华的风景。

所谓断舍离，是将握在手里会怦然心动的东西留下。

夕阳总会落在你身上，你也总会有自己的宇航员和月亮。

你得先熬过那些无人问津的日子，才能拥有想要的诗和远方。

　　你就做你自己吧，有点奇怪没关系，和别人不一样也没关系，总有人会永远站在你这边。

曾经有一句话叫："不经历苦难的人生，是不完美的人生。"

我觉得这句话很有道理，人生不如意事十之八九，从来就没有一帆风顺的人生。

人生有挫折、有失败并不可怕，可怕的是跌倒了却不再爬起，爬起后不再向前。

人的一生总要经历一些磨难和曲折，人才更成熟，才会明白一些道理，苦难的经历是人生的一大笔财富。

你没有经历苦难，你就难以救苦救难。

真正喜欢的人和事，都值得我们坚持。
由爱而生的勇气，足以抵挡世间所有的困难。

人都是从开始相信全都是真的，慢慢开始觉得全都是假的，然后发现有真有假，最后无所谓真假。

人性洞察：吃瓜得站在上帝视角，知全貌，再下定论。

不要对任何人有道德上的洁癖，这个世界上的任何灵魂，都是半人半鬼，凑得太近，谁都没法看。

这世上，唯有两样东西不可触摸，一样是记忆，一样是相思，听说，记忆无花，却永远盛开，相思无用，却永远清晰。

人都是从开始相信全都是真的，慢慢开始觉得全都是假的，然后发现有真有假，最后无所谓真假。

　　世间万物瞬息万变，但又遵循一定的秩序和规律。

　　生活方式可以变，生活法则不能变。

　　持经达变的精神，有所变也有所不变，才能长期保持"应变"。

路遥在《平凡的世界》中写道：

我认为，每个人都有一个觉醒期，但觉醒的早晚决定个人的命运。

尽量扩大我们的兴趣范围，对感兴趣的人和物尽可能友善。

失去的东西，其实从来未曾真正地属于我们，也不必惋惜。

别为了那些不属于我们的观众，去演绎不擅长的人生。

76

别为了那些不属于我们的观众，
去演绎不擅长的人生。

在信仰的世界里，
每个人都是你要感恩的人，
在修行的世界里，
每个人都为了成就你而来。

感恩生命里的一切善缘与恶缘，
如果有一天，
全世界善的声音都隐没不现，
没有提醒，没有参考，没有陪伴，
也要尽量去忆念，
那些曾让你清醒的话语，
试着在孤独中成长和蜕变。

不管日新月异、沧海桑田，
心，都具有无限的潜能，
它可以超越所有的障碍与局限。

只要我们不放弃，
时空中都有无量的觉者会帮助我们，
会指引我们去找到真正的自己，
回归我们生命的本然，
乃至永恒之间。

　　万事万物皆阴阳，有好人必然有坏人，但是我们不怕，哪怕这世上好人比坏人只多一个，人心所向，那么正义也会来临。

　　凡事到最后必将皆大欢喜，如果尚未皆大欢喜，那就是还没到最后。

愿意跟我们争吵的人，往往是我们不容易失去的。

吵架有时候也是为了沟通，为了让我们更了解彼此。

一个宁愿跟我们吵一千次架都不分开的人，这难道不是真爱吗？

无论是亲情、友情、爱情，最大的幸福就是一直被对方坚定地选择着。

敢于吵架的同时，也要敢于示弱和退让，因为宫崎骏的《幽灵公主》里有句话：

"内心强大，才能道歉，但必须更强大，才能原谅。"

世界再精彩，他人再美好，都与你无甚关系，你就是你，只须梳理自己的羽毛，飞你想去的地方。

只要内心不乱，外界就很难改变你什么。

不要艳羡他人，不要输掉自己。

忘不了的，那就不要忘好了。真正的忘记，是不需要努力的。

得到了再失去，比从来就没有得到更伤人。

当你学会珍惜自己，世界才会珍惜你。

80

忘不了的，那就不要忘好了。
真正的忘记，是不需要努力的。

听过最温柔的一句话：

我不会因为你不好的一面就离开你，其实我看着你遮遮掩掩，感到不安又委屈的时候，我会更想抱紧你。

幸福可能会迟到，但不会缺席。

因为早晚会有一个人，不顾一切地奔向你，把最好的都给你，让你觉得人间值得。

所以，请保持对生活的热爱，

因为，幸福总会来临。

不是所有事，都值得去介怀；
有些人，看清就好，不必翻脸；
有些事，心里明白即可，不必深究;
调整好心态，拐个弯，与自己和解。

藏不住的崩溃只是伤痕，
藏起来的崩溃才是勋章。

成年人，自己要给自己拥抱。

当你有力量拥抱自己的时候，
你才有力量拥抱所有人。

有人因为不沟通不表达而烦恼，
有人因为对方说得太多而烦恼。

　　对爱的人不说违心的话，爱是认真的表达，爱
是聆听、是回应、是多一点耐心。

　　是在意我的话，就在意我的"话"。

与其庸人自扰，不如看淡点好。

所得所不得，皆不如心安理得。

纵使结局不如意，遇见即是上上签。

　　我们生活在这个世俗世界中，活在各色眼光中，我们评判别人，也被别人评判。

　　当我们无视大多数人，我们就有了快乐的前提。

　　比世人的目光还要可怕的，是我们那颗在意世人目光的心。

低头是一种能力，它不是自卑，也不是懦弱，它是清醒中的嬗变。

懂得低头，才能出头，一个人活在世上，就必须保持低调，时常低下自己的头。

不论我们的资历、能力如何，在茫茫人海里，我们只是一个小分子，无疑是渺小的。

敢于低头是魅力，更是能力！

爱你的人如果没有按你所希望的方式来爱你，
那并不代表他们没有全心全意地爱你。

　　村上春树说：假如您此时此刻刚好陷入了困境，正饱受折磨，那么我很想告诉您：

　　"尽管眼下十分艰难，可日后这段经历说不定就会开花结果。"

　　其实，我倒不怕天降大任会让我吃苦，而是更怕上天不搭理我。

　　扛得住艰难，才能配得上梦想，耐得住寂寞才撑得起繁华。

　　记住，当我们最倒霉的时候啊，一定要扛住了，别丧气，别松劲。

　　因为，那正是我们运气该往上升的时候了。

　　删除我一生中的任何一个瞬间，我都不能成为今天的自己。

　　历史是不能假设的，人生同样是没有"如果"的。

　　我们之所以成为现在的我们，是由人生道路上的每一步，包括每一次成功，每一次失败，每一次机遇，每一考验……累积而成的。

很喜欢一段话："有人伤害了你，
不要轻易原谅伤害你的人。
因为不是伤害你的人让你成长，而是你对被伤
害的反思让你成长。"
所以，面对曾经的伤痛，没必要逼自己去释怀。
面对别人的歉意，也没必要强装大度选择原谅。
并不是所有的错误，都能得以弥补；
也不是所有的伤害，都值得被原谅。
如果做不到心无旁骛地释怀，那就算了，毕竟，
伤害也不会因为你的原谅而消散。

我们能做的，唯有永远心怀善意，
不去伤害别人。

你的心很贵，

所以一定要装美好的。

你的情绪很贵，

所以一定要接近愉快的。

你的时间很贵，

所以一定要去做有价值的。

你的目标很贵，

所以一定要专注真正想要的。

欢喜承受大自然的每一落笔，笔笔都是天意；生命没有败笔，你若决定灿烂，山无遮，海无拦。

时间决定你会在生命中遇见谁，

心决定你想要谁出现在你的生命里，

而你的行为决定最后谁能留下。

92

欢喜承受大自然的每一落笔，笔笔都是天意;
生命没有败笔，你若决定灿烂，山无遮，海无拦。

王尔德说：人生有两个悲剧，
第一是想得到的得不到，
第二是想得到的得到了。

早些年读到这句话，为其字面上的矛盾而真不
以为然，"得不到"和"得到"怎么都构成人的悲剧呢？

人生的阅历告诉我们，人希望"得到"的"得
不到"固然是悲哀与失望的，"想得到"的，"得到了"
并非就是福。

那么人生如何才能避免在这两个悲剧之间沉浮？

对我来说就是要超越得失，去除想得到的心，
即便是得到了也不会有得到的心。

君子之心当如一泓清水，月亮出来则现在心中，月亮隐去则荡然无迹，任你阴晴圆缺，我心未动，本性不染，了了分明世间事。

　　没有人可以永远无条件地陪伴着我们，要知道，下雨天的时候连影子都会缺席。

　　如果有人在我们最难过、最失意、最容易被辜负的时光里，陪我们走过那么一段，陪伴在我们的身旁，那么无论将来那个人变成了什么样子，我们都要心存感激。

94

没有人可以永远无条件地陪伴着我们，要知道，下雨天的时候连影子都会缺席。

　　《超时空同居》中说："我从不相信时间能治愈一切，因为我知道，获得幸福的最好方法是不让伤害发生，而不是发生后再去治愈。"

　　人生也是如此，我们获得幸福的唯一办法，不是等到失去后才明白珍惜的意义，而是在失去还未发生前，就紧紧地抓住能拥有的一切。

人的一生太短暂了，与其花时间计较、争吵、彼此伤害，不如多花点时间好好去爱、去珍惜。

把时间和精力花在重要的人身上，要学会大大方方表达爱意，爱是炙热的，永远都是……

有梦想的人不做选择题，
只做证明题。

所以，年轻的我们，

去生活，去犯错；
去跌倒，去胜利；
去用生命再创生命。

不要怀疑自己，也不要放弃梦想。

去想去的地方，
做该做的事情，
不迟疑，不徘徊，
去用生活重塑生活。

　　当我讨厌一个人的时候，如果这个人突然说喜欢我，那我就一点也不讨厌他了。

　　就是这么有原则，无法讨厌一个有眼光的人。

　　成长是一段锥心的疼痛，不计后果的那段就是青春。

　　不能永远总是对过去和也许会发生的事耿耿于怀，幸福不过是欲望的暂时停止。

　　我从来没被谁知道，所以也从来没被谁忘记。

　　在别人的回忆中生活，并不是我的目的。

唯有眼里有我们的人，才会注意我们情绪好坏；

也唯有心里有我们的人，才会用心去了解我们，去懂我们，和我们同悲欢，共欢喜。

让我们病的人，没法给我们药；

给我们药的人，舍不得我们病。

在乎我们的人，风吹草动都心疼；

不在乎我们的人，狂风暴雨也无声。

人生在世，谁人背后不说人，谁人背后无人说。

事实上，一人难如百人愿：即便做得再好，也会有人指指点点；即便一塌糊涂，也会有人竖大拇指。

有时候，我们会感到难受，是因为太在乎了。在乎了，我们就输了。

有些事，想多了头疼，想通了心疼。所以，还不如不想。

做人做事但求问心无愧，生活是自己的，无须在意他人的评判，在乎他人的目光。
对人不在乎了，他就不会招我们生气；对事不在乎了，它就伤害不到我们。

愿余生，不在乎，放过自己，开心度过每一天，
努力活成自己喜欢的样子。

世上有很多不可能，但是不要在我们未尽全力前下结论。

这个世界上总有人会赢，那个人凭什么不是我们。

既然认准了一条路，就不要去打听要走多久。

生活给我们的苦，其实是在铺垫浪漫。

越是憧憬，越是风雨兼程。

102

既然认准了一条路，就不要去打听要走多久。

生活就是自己哄自己，
把自己劝明白了，
就什么心结都解决了。
好好工作，好好生活，
好好爱自己，把期待降低，
把依赖减少，自然就会过得更好。

　　人与人之间的尊重应该是相互的，至少也得不冲突。如果你丝毫没有要尊重我的意思，那么我再尊重你，就是我的不对了。

　　与人相处，相互尊重，彼此善待。

人和人之间最舒服的关系：

可以一直不说话，
也可以随时说话。

一个真正懂我们的人，不一定会每天联系我们，
但一定会时刻把我们放在心里。

朋友之间相处，贵在能喝酒谈天，也能沉默不语。

相处舒服，无言也暖。

人的变化，是从心开始。

从心开始，即是从新开始。

颠覆过去的认知，并不是说过去就错了，就否定过去，事实上每件事情的发生都有它的意义，没有绝对对错。

如果我们开始颠覆认知了，说明我们到了一个新的节点，要拿起新的认知了。

接受宇宙的安排，方可随心所欲不逾矩，道法自然任逍遥。

但凡一天还在担心别人怎么看待我们，别人就能控制我们。

一个人，只有不再从外界寻求认可，才能真正成为人生的主人。

这个时候，哪怕别人拒绝我们，不回应我们，冷淡我们，我们也不会轻易上升到不被认可，不被爱的层面。

正所谓，一千个人有一千个哈姆雷特。也就是说，每个人对每件事都有自己的评判标准。

允许别人的否定，允许别人并没有那么重视我们，允许别人就是不爱我们。

当我们能坦然地允许这一切，并发自内心地认为自己无须去认同别人的标准时，就是自信的开始，然后从自信就能更快速到自由。

　　自由，就是我们不再寻求外界的认可，我们自我认可就足够了。

我们不热情，就不会觉得别人冷淡。
看透后，一半是理解一半是算了。
世界充满分歧，所以要学会尊重别人。
这世界除了爱情还有很多事需要我们花心思。
让我们等太久的人，最后都不会选择我们。
不合群，只是表面孤独；
合群了，才是真的内心孤独。

世界的运行规则是：

我们变优秀了，其他的事情才会跟着好起来。

不合群，只是表面孤独；

合群了，才是真的内心孤独。

没有一朵花，一开始就是花，
也没有一朵花，到最后还是花。

我们的生命都有一个成长的过程，从一无所有
开始不断地成长。

从没有知识到有知识，从有知识到有智慧，不
断的成长让我们自己变成了一朵花。

但是如果我们待在一朵花上不动，那么我们必
将非常快地凋谢，所以没有一朵花到最后仍然是花。

开花以后我们依然需要努力地成长，直到秋天能够结出非常丰硕的果实。

　　所以我们说开花结果，一个人的生命只开花是不行的，我们经过了生命的历练以后，最后要把自己变成一个果，直到修成一个正果。

每一个普通地改变，都将改变普通。

因为从我们决心改变的那一刻开始，
就已经是一个全新的自己。

少量输出情绪，持续输出价值；
路上见识世界，途中认识自己。

如果你能够在某个人面前直言不讳，
那么一定要珍惜他。

因为在他面前，你是你自己。

莫尔说："为了寻找想要的东西，我们走遍全世界，回到家，找到了。"

而这件令所有在外漂泊的人所梦寐以求的东西，也许是温度。

一个有温度的家，一个有温度的生活，以及有温度的爱！

家，是离我们最近的诗歌和远方。

"低头"和"放下"

只有站在比别人高的位置时，低头才会有效果。

是否放下也是一样？

只有自己有能力得到或已经得到后，再放下时，才是不掺杂不甘心地放下。

【低头】和【放下】

卓别林说："镜子是我最好的朋友，因为我哭的时候它从来不会笑。"

很多时候都不想把自己的难过、委屈展示给别人看，因为明知道没有几个人真正关心自己，而且有的人知道自己过得不好反而会很得意。

如果有人在我们面前坦露他的脆弱，那他一定把我们当成很好的朋友。

他相信我们不会幸灾乐祸，不会揭他的伤疤，而且还会帮他想办法。

真正的朋友，是快乐着他的快乐，难过着他的难过，就像一面镜子。

《悲惨世界》里有一段话：

"人生最大的幸福，就是确信有人爱你，有人因为你是你而爱你，或更确切地说，尽管你是你，有人仍然爱你。"

在一段好的感情里，你只管自信，不用刻意去改变什么，伪装和讨好都是多余的，因为爱可以融化一切。

　　我们常常因为太过于关注别人的看法，给自己戴上了假面具。

　　每个人都是戴着面具的人，但这并不代表虚伪。

　　最怕的是将自己活成面具，悲伤和高兴都不真实。

　　虚幻的泡沫虽然美丽，但总有被戳破的时候。

　　与其营造一种虚假的光鲜，不如摘下面具，静下心来，回归生活本身，学会接纳自身的不完美。

　　被人揭下面具是一种失败，自己揭下面具却是一种胜利。

生活中很奇怪的事就是：

我们很容忘记想记得的事情，

却不容易忘记想忘掉的。

想忘忘不掉，

想记记不起。

傲不可长，傲长则人厌；
欲不可纵，欲纵则伤身；
志不可满，志满则遭怨；
乐不可极，乐极则生悲。

过刚易折，盛极必衰，
情深不寿，慧极必伤，
凡事过犹不及，
做人适可而止。

聪明中难得糊涂，
深情中恰到好处，
刚强中不卑不亢。

慈悲没有敌人，智慧不起烦恼。

多一点慈悲心，多一点智慧，就不会让我们那么痛苦了。

世事如落花，心境自空明，

宽容大度，笑对人生。

一个房间有足够的空间可以容纳两个人，

却没有足够的空间可以容纳两个世界。

两个人在一起，需为彼此创造内在的空间。

当两个人失去内在空间的界限时，关系会变得让人窒息。

毕竟，每个生命都离不开呼吸的空间，灵魂亦如是。

每个人都有要面对的人和事，或者不同的艰难和惨淡。

或许，我们觉得自己经历的已经足够糟糕了，但和别人相比，这远远不算什么。

或许，经历苦难的一种意义，就是看到很多人在平静地诉说完遭遇后，会说最难的时候已经过去了。

如果把世界上每一个人的痛苦都放在一起，再让你去选择，你可能还是愿意选择自己原来的那一份。

"为什么你不让别人看到你善良的一面？"

"因为如果他们看见了，就会期望我一直是善良的。而我不想要靠任何人的期望生存。"

"你是从什么时候开始不在乎别人对你的看法的？"

"在我意识到别人对我的看法取决于我自身实力的时候。"

　　我们学过的每一样东西，遭受的每一次苦难，都会在我们一生中的某个时候派上用场。

　　哪有什么一战成名，无非都是百炼成钢；

　　哪有什么常胜将军，无非都是越挫越勇；

　　只有输得起的人，才配赢；

　　用甘心情愿的态度，全力以赴去做每一件事，结果自然会让我们意外惊喜！

同频共振适用于任何关系，每个人都有自己的特定频率。

在这个世界上，如果我们能遇到一个与我们同频的人，那是一件非常美好的事！

在喜欢我们的人那里，热爱生活；

在不喜欢我们的人那里，看清世界！

　　有一个东西比事实和逻辑要强势得多，这种东西叫做"情绪"。

　　别以为事实和逻辑天下无敌，它们往往赢不了情绪。

　　大多数争执吵的都不是事实，而是情绪，尤其是亲密关系之间。

我们把心给了别人，就收不回来了；

别人又给了别人，爱便流通于世。

后来，难入别人心，别人难入心，心心有别心。

　　曾以为自己活得很明白，后来才发现，真正活明白的人，不会让自己活得太明白。

　　活得太明白，失去的是快乐。

　　一半平庸，一半精明。

　　不咸不淡，心态随和，这样就不失自我。

　　一半烟火人间，一半诗和远方，愿快乐常伴左右。

喜欢作家陈平说的:

"我们不肯探索自己本身的价值,我们过分看重他人在自己生命里的参与。

"于是孤独不再美好,失去了他人,我们惶恐不安。"

走了这么久,经历了这么多,想说:

不要去刻意融入什么圈子,当我们的能量,到达一定层级的时候,对应的圈子会自动吸纳我们进去的。

永远有自己的节奏,永远不要迷失在他人的评价里。

你是你,别人是别人,毫无关系。

只需要坚持我们的热爱,爱着我们自己,发出光与热,就够了。

　　我们永远不可能真正了解一个人，除非我们穿上他的鞋子走来走去，站在他的角度思考问题。

　　可真当我们走过他的路时，我们连路过都觉得难过。

　　有时候，我们所看到的并非事实真相，我们了解的不过是浮在冰山上的一角。

　　未知全貌，不予置评；
　　未尝君苦，不劝大度。

未知全貌，
不予置评；
未尝君苦，
不劝大度。

如果一直敷衍地生活，很容易觉得时间飞逝而自己一事无成。

如果偶尔经历一些难熬的瞬间，就能稍微抓住些时光的痕迹。

钻牛角尖的过程是琐碎无趣的，但钻出头就是一个新世界了。

别人撒盐伤不了我们，除非自己身上有溃烂之处。

每当我们觉得受到伤害，是因为我们有伤口，所以只要别人不经意碰触，我们就会敏感地又叫又跳，要别人为我们的伤口负责。

试想，如果伤口发炎的是我们，却让别人去吃药，我们的伤口会好吗？

凡事不归责于他人，而要反省自己。

他人只是一面镜子，它在照着我们自己。

我们要的或许不是爱，而是偏爱。

从他人的偏爱里，确认自己是独特的。

只有这样，才能消解在芸芸众生中的孤独。

　　在繁华中自律，在磨难中自愈。

　　人生就是一场自我完善的修行，所有的经历，无论悲喜，都为塑造更完美的自己，待那时，即使青春不再，年华已逝，也终究会遇见最美的自己。

很多人不是孤僻，是有原则有选择的社交。

和喜欢的人千言万语，和其他的人一字不提。

能让别人快乐的人，一定很善良；能让自己快乐的人，一定很聪明。

生活有一万种可能，每过一个阶段，我们都有不一样的大彻大悟。

心态胜过年龄，微笑胜过颜值，健康胜过金钱，三观胜过城府。

无论经历了什么，请记得带上我们的善良和感恩，去遇见温暖和幸福，前方有路，未来可期。

和喜欢的人千言万语，
和其他的人一字不提。

结怨不如结缘，栽刺不如栽花；

富贵不如福态，高寿不如高兴。

世间的事，争不完，不如放一放；

人间的利，占不尽，不如顺其自然。

活着，无愧才能自在，成全方可从容。

　　一本书看两遍，可能会有新感悟，但不会有新结局。

　　重蹈只会覆辙，频频回头的人是走不了远路的。

如果不能成为别人生命中的礼物，就不要走进别人的生活。

给别人带去光，和给别人带去阴影，给对方带来的是两种不同的人生。

人生短暂，但未来漫长，多些善意，多些温暖！

　　不要急着，让生活给予我们所有的答案，有时候，我们要拿出耐心等等。

　　即便我们向空谷喊话，也要等一会儿，才会听见绵长的回音。

　　也就是说，生活总会给我们答案，但不会马上把一切都告诉我们。

路，不通时，选择拐弯；
心，不快时，选择看淡；
情，渐远时，选择随意。

有些事，挺一挺，就过去了；
有些人，狠一狠，就忘记了；
有些苦，笑一笑，就冰释了；
有颗心，伤一伤，就坚强了。

坎坎坷坷人生路，坦坦然然随缘行。

路，不通时，选择拐弯；
心，不快时，选择看淡；
情，渐远时，选择随意。

没什么如果当初，不管重来多少次，人生都肯定有遗憾。

尽己力，听天命。
无愧于心，不惑于情。
顺势而为，随遇而安。
知错就改，迷途知返。

在喜欢自己的人身上用心，在不喜欢自己的人身上健忘。

如此一生，甚好。

成长，是从创造中磨炼出来的过程；

成熟，是从成长中挣扎出来的稳定。

人生很漫长，一次性的打击无论多大，只要我们没死，就不叫痛苦。

这只是一个谷底，是一种磨炼，只要能扛过去就赢了。

真正强大的定义不是我们能创造多少辉煌，而是我们能扛得住多少打击，且能坚持自我，继续前行！

当下有一个词叫"人脉"，有些人见人就加好友，以显示自己的人脉宽广。

可是，真正的人脉不是我们认识多少朋友，而是在我们需要帮助时，有多少人来到我们身边。

柯林斯说：

"在快乐时，朋友会认识我们；在患难时，我们会认识朋友。"

男人只有穷一次，才会遇见最爱他的女人；

女人只有穷一次，才会知道谁对她真心。

同样，我们只有遇到困难，才明白谁才是我们真正的朋友。

生活中，与其把希望放在别人身上，不如自己努力。

结交几个真正能在我们危难之时，为我们披风上阵的人。和这样的人诉诉衷肠，聊聊生活，才会拓宽我们以后的人生之路。

假如你不够快乐，也不要把眉头深锁，人生本来短暂，为什么还要栽培苦涩？

每个故事都需要一个结局，但没有结局的，叫做人生。

人生有五阶段：

1. 童真无邪：不辛苦也不心苦；
2. 初入凡尘：辛苦心不苦；
3. 堕入谷底：辛苦心也苦；
4. 初得解脱：辛苦心不苦；
5. 终得自由：不辛苦也不心苦。

这个过程，从无到有，再从有到无。

入世者，困于当下；
出世者，看破红尘；
超凡者，身在红尘，心在世外。

少即是多，多即是少。

少少必多多，多多必少少。

成功离不开三要素：

1.专注：盯住一件事，聚焦、死磕；

2. 定力：深挖一口井，定在那里，不受外界影响；

3. 毅力：坚持到底的能力。

把一件事情干精，干绝，就能成功。

别让不在你左右的人，
左右了你的心情；

别让你左右不了的人，
左右了你的情绪；

生活的高手，
从来不会让情绪左右自己！

不是朋友多了路好走，
而是路好走时朋友多！

一起一落是人生，
一喜一忧是心情；
一苦一甜是生活，
一朝一夕是日子。

心若恬淡，活得就坦然；
心若平和，快乐就多。

所以，永远不要去责怪生命里的任何人。

可谓：逢人不说人间事，便是人间无事人。

历经沧桑，才知生活的美丽；
淡然于心，方懂世界之宽广。

人生，有起有落，
生活，有悲有喜。

独坐红尘，聆听光阴漫过的脚步，
观青山远黛，赏日落西沉，
淡看风起云卷，闲捻风花雪月。

浅浅岁月，悠然人生，
于一杯茶里渐渐释然，
清浅简约，是幸福的源泉。

淡然平凡，是人生的真谛。

人生没有完美，只有完善；
岁月没有十全十美，只有尽量。

缘不会随意而来，因为相吸；
份不会永远无期，故要呵护。

珍惜一份情，怀揣一份梦，就是最大的收获。

　　控制好自己的身材和情绪，善良且落落大方，我们怎么爱自己，就是在教别人怎么爱我们。

　　很多时候，蒙蔽我们双眼的，不是假象，而是自己的执念。

　　做个俗人，干净爱自由，赤诚也善良。

最浅薄的关系，就是你一个错误，便让他忘记了你所有的好。

最真的情感，就是纵然你有一万个不好，他也能待你如初，默默陪伴。

用最真实的自己，遇见那个应该遇到的人。

与其飞蛾扑火让别人将我们毁灭，
不如好好克制自己，
把爱和热忱留给更值得的人。

记住，没有人特别，
是你的爱让他特别。

我们的年龄应该成为我们生命的勋章，而不是伤感的理由。

人生一站有一站的风景，一岁有一岁的味道。

无论别人如何待我们，都要好好珍视自己，对得起内心的那一抹骄傲。

在自己的世界里独善其身，
在别人的世界里顺其自然。

人生

人生一站有一站的风景，
一岁有一岁的味道。

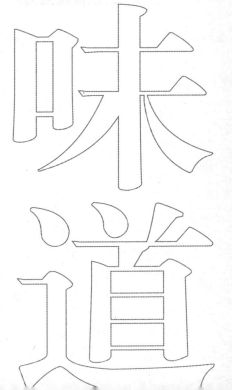

味道

我以为人的生活，可以分为三层：

一是物质生活，
二是精神生活，
三是灵魂生活。

我们未必有觉悟像弘一法师那样走到第三层，过好前两层生活便足矣。

　　人生有所经历，看山还是山，看水还是水。

　　生活越简单，灵魂越丰盈。

　　我们接纳自己的不完美，大概也能接受世界的
不完美。

　　当我们开始原谅自己，大概也可以原谅别人。

　　我们去承认、接纳自己的阴暗面，看到自己的
不完美，然后接纳它。
　　同时，能否和自己的负面情绪和平相处，也是

决定我们快乐指数的重要因素。

　　接纳自己的不完美、肯定和认可自己，是我们
这一生重要的课题。

　　佛言：一花一世界，一木一浮生，一方一净土，
一念一清净。

　　红尘看破了不过是浮尘，
　　生命看破了不过是无常，
　　美丽看破了不过是躯壳，
　　爱情看破了不过是聚散。

　　繁华落尽，从容自若；
　　万物随心，天下归心。

心念一转，万念皆转，
心路一通，万路皆通。

得，固然可喜；
失，不尽可悲。

当我们紧握双手，里面什么都没有；

当我们张开双手，世界在我们手中！

心态决定情绪，
情绪决定心情，
心情决定心境，
心境决定生活。

心态好，一切安好。

好心态，一半在性格，一半在涵养。

性格怎样，看我们和什么人在一起；

涵养如何，看我们怎样要求自己。

打造好心态，管理好情绪，不以物喜，不以己悲，淡然自在，从容优雅，幸福常在。

感 谢 函

　　"一句话，可以影响一个人的一生。"这让我想起在我30多年的生命当中，也有一些人用他们的一句话影响着我。

　　第一位是李英。她是我的妈妈，从小她经常跟我说的一句话就是"不怕慢，只怕站"，所以每当我遇到困难想退缩的时候，妈妈的这句话总会在我耳边想起。然后我就会告诉自己不能停下来，慢一点也没关系。

　　虽然妈妈已经离开我15年了，但是妈妈的这句话却是一直陪伴着我走下去的精神礼物。

　　第二位是叶泽锦。在他还只有5岁的时候，他就会对我说："你是全世界最棒的妈妈。"是他对我的这份鼓励，我才有勇气走出来创业，因为我希望自己真的可以做叶泽锦眼里最棒的妈妈，我可以成为他前进路上的榜样。

在这9年来，我和叶泽锦相互鼓励，我负责好好工作，他负责好好学习。如今，我们都成为了彼此的骄傲。我很庆幸能有一个这么乖巧懂事的儿子来到我的身边。

第三位是我的上一任老板，中山雅诺斯灯饰的李德财。财哥把他创业之路的故事分享给我，他说只要梦想还在、坚持还在、努力还在、激情还在，就不可以放弃。每当我想打退堂鼓的时候，"梦想、坚持、努力、激情"这8个字都会给我非常大的动力。

第四位是邓美娟。我2015年开始从事美业，当时的我经济实力、能力、人脉都没有，被大家称为"三无产品"。而这个时候，我不知道自己能做成什么样，是邓美娟邓姐鼓励我，她说："石慧，我看到你就像看到当年的我一样。"邓姐当时已经是全美世界公司全球首位星钻大使了，而她却无时无刻都在关心着我。我记得有一次我沮丧的时候，她竟然打电话整整安慰了我一个小时，给了我巨大的力量。即便是现在重新创业时，邓姐也依然是一直支持着我的贵人。

第五位是吴锦颖。

当时，作为"三无产品"的我，没有自己的工作室，在福州连江的县城里面每天骑着一辆电动车，拿着化妆箱对每个店面做陌生拜访。是艺丝纹绣的老板吴锦颖支持了我，她选择跟我合作，成为我在连江最大的团队。我们用两年时间把团队做到100多人。但是由于我不懂经营管理，越做越辛苦，团队也慢慢散掉了。我以为锦颖会责备我，可是我没想到她对我说的话竟是："石慧，你可以做出比现在更棒的结果的，我相信你一定可以的。"

那两三年是我过得最难的时候，身边人都离我而去，每次见到锦颖，她都会问我有没有什么需要帮助的，还一直对我说"我相信你一定可以的"。是她让我知道了无论我是什么样，她都依旧支持我，对我不离不弃。

第六位是庆珠姐。2018年，当我准备从美业转型，但又不知道自己要做什么的时候，庆珠姐邀请我来到Lady boss，开始学习演讲。我做事比较粗枝大叶，庆珠姐会很耐心地帮我服务我的客户。有一次，我正在外面出差，婆婆摔断了手臂需要做手术，是庆珠姐帮我忙里忙外对接医院、安排婆婆的手术，当我回到家的时候，她帮我把一切都打理好了。

庆珠姐在我的生命中，一直扮演着一个"妈妈"一样的角色，无论我做什么，她都会在背后默默支持我。

2019年年初，当我的事业遇到困难，需要一大笔资金才能度过难关的时候，又是庆珠姐把蔡美琴蔡姐介绍给了我，蔡姐成了我事业上的股东，帮助我度过了当时的难关。

第七位是蔡姐。这几年里，我没有发展好，蔡姐对我的投资几乎没拿到什么好的回报，可是蔡姐从来没有说过一句。她总是在背后默默地支持着我每个当下的工作，有钱出钱，有力出力。蔡姐说："你只管往前拼，我做你背后的女人。"除了照顾我的事业之外，蔡姐更是用心对待我家里的每一个人。在我所有的朋友当中，她早已成为我们全家都熟悉的那个"家人"了。

第八位是荞麦。我曾经听过一个故事，叫作"用一朵花，改变世界"。而LADY POWER的创始人荞麦，她4年来对我只做一件事情，就是每个季节都给我送上她们家新款衣服。当我还是一个135斤的胖子，每次我看到荞麦送给我的衣服，都不敢穿出门。但是在她这几年的坚持下，我告诉自己一定要瘦下来，才能配得上这么好的衣服。这两年，我从135斤瘦到了110斤，服装从XXL穿到M码，可以穿上漂漂亮亮的衣服了。荞麦对我说过："出现在别人的生命里要像礼物一样。"而荞麦就是那个不断给我送"一朵花"改变我的人。她的出现，在我生命中就是一份礼物，帮助我变得越来越好。

第九位是婉琴老师。我从美业跨到教育，是Lady boss的创始人婉琴老师一路把我从福州带到深圳的，7年时间，她见证了我从青涩到成熟。因为婉琴老师，我开始学习演讲，也因为婉琴老师搭建的平台，让我有了一次次在舞台上突破的机会。婉琴老师对我说过一句话："石慧，你会成为一个用智慧去温暖别人的超级太阳。"婉琴老师的这句话，让我开始去思考什么是智慧。不过我很庆幸，在智慧成长的道路上，有婉琴老师的带领，也让我能够有机会在智慧之路逐渐成长。我也希望未来我真的能够拥有更多的智慧，去成为温暖别人的那个超级太阳。

第九位是翁董和陈赛娟老师。我原本觉得自己没有能力去完成出书这件事情。今年3月，我收到连江启明学校翁建勇董事长和陈赛娟老师送给我的一本书《启明故事慧》，娟姐在书上签名写到："石慧，因为有你的'故事慧'，而延伸出了'启明故事慧'。"那一刻我没有想到我一个很普通的人，只是因为热爱讲故事，我的"故事慧"也能对学校写出了这本《启明故事慧》有一点点的贡献。是翁董和娟姐给了我这份荣誉，让我知道我的存在是有价值的，然后我就在心里暗自告诉自己，我未来也要有一本自己的故事书，然后告诉翁总和娟姐，是他们影响了我写书。

第十位是晋杭老师。我在讲课和写书上，无数次因为自卑而极度否定自己。我一直觉得自己这也不行，那也不行。而这几年来，当我否定自己不能做讲师的时候，是晋杭老师告诉我，我可以成为像他一样的讲师。当我否定自己不能出书的时候，他帮我规划如何出一本书，甚至还亲自带着团队帮我出书。

是晋杭老师给了我机会让我跟在他身边，让我可以去学习如何成为一名讲师，如何出版一本书。

这几年晋杭老师跟我说了很多鼓励我前进的话，其中有一句让我印象深刻，晋杭老师说："石慧，你会成为一个不可思议的人，然后帮助更多人成为不可思议的人。"从那以后，当我觉得自己很平凡的时候，我就会想起晋杭老师对我说的这番话，我在心里告诉自己：你不仅要成为一个不可思议的人，你还要帮助更多人成为不可思议的人。晋杭老师的这句话，一直在给予我力量。

生命当中送我"一句话"的人有很多，要感谢的人也很多。有人用爱的方式让我成长，有人用痛的方式让我觉醒，也因为有了不同的方式滋养，才让我能够在人生的某个阶段开始读懂这些触动心灵的短句，让我可以从中顿悟，成为更好的自己。

同样，人生路上，我们每个人都会经历不一样的人、情、事、故，悲、欢、离、合。有时候我们会因为遇到一些困难和挫折而失去信心，从而放弃对生活的追求。如果在这个时候，能够有一句话是可以在当下带给我们温暖和力量，陪伴我们走出迷茫和痛苦，那这一句话就像是一座灯塔，给我们带来光明，照亮我们前行的路。

愿我们每一个人，都可以像灯塔一样大放光明。用一句话，去影响一个人的一生。

预售感谢名单：

　　在刚开始有想法要出这本《每日文案》的时候，我跟几位朋友聊到了这个话题，原本我自己以为是随便说说的，没想到她们竟然都表示愿意支持我去完成这本书。

　　在这本书还没有出版之前，就收到了朋友们的预订，她们说对我最大的支持就是助力我完成这本书。所以，在此感谢以下好朋友们对新书的大力支持：

吴燕青：巴西的朋友

郭　颖：矜国专注S塑形创始人

薛能云：一品坊服装创始人

周秋妹：纯蒂恩教育创始人

刘晓琴：晋杭实验班同学

周　黎：高效沟通课同学

宋　晨：优格瑜伽创始人

彭　霞：三宝妈妈教育创始人

程梦菲：菲梵幸福瑜伽创始人

罗景璇：广州蕴生影视创始人

江建冰：厘里服装创始人

陈爱金：动感连锁创始人

杨雪芳：艾蒙保罗男装创始人

陈　艳：沟通领导力同学